Maxime Durand Fardel

Mémoire sur une forme d'encéphalite encore peu connua

Antigonos

Maxime Durand Fardel

Mémoire sur une forme d'encéphalite encore peu connua

Réimpression inchangée de l'édition originale de 1839.

1ère édition 2024 | ISBN: 978-3-38605-710-3

Antigonos Verlag est une marque de Outlook Verlagsgesellschaft mbH.

Verlag (Éditeur): Outlook Verlag GmbH, Zeilweg 44, 60439 Frankfurt, Deutschland
Vertretungsberechtigt (Représentant autorisé): E. Roepke, Zeilweg 44, 60439 Frankfurt, Deutschland
Druck (Imprimerie): Libri Plureos GmbH, Friedensallee 273, 22763 Hamburg, Deutschland

MÉMOIRE

SUR

UNE FORME D'ENCÉPHALITE ENCORE PEU CONNUE.

MÉMOIRE

SUR

UNE FORME D'ENCÉPHALITE

ENCORE PEU CONNUE,

PAR MAX DURAND-FARDEL,

Interne de la Salpêtrière, membre de la société anatomique et de la société médicale
des Internes.

(Extrait des ARCHIVES GÉNÉRALES DE MÉDECINE, février, mars 1839).

PARIS

IMPRIMERIE ET FONDERIE DE F. LOCQUIN ET COMP.,
16, rue Notre Dame des Victoires.

1839.

MÉMOIRE

SUR

UNE FORME D'ENCÉPHALITE

ENCORE PEU CONNUE.

J'ai observé une maladie caractérisée, anatomiquement, par la rougeur, la tuméfaction, la mollesse des circonvolutions cérébrales, et leurs adhérences avec la pie-mère; pathologiquement, par des symptômes apoplectiformes graves, et débutant d'une façon instantanée. On verra, dans les observations qui suivent, ces deux groupes et d'altérations anatomiques et de symptômes se montrer avec une physionomie toujours identique, dans un rapport toujours constant. Mon attention se fixa sur ces faits d'autant plus vivement que je n'avais pas vu dans les auteurs de maladie décrite sous la forme sous laquelle celle-ci se présentait à mes yeux, et que je trouvais à peine quelques cas semblables, épars dans les ouvrages qui traitent des maladies cérébrales.

Je fus frappé d'abord de la ressemblance qui existe entre cette altération anatomique et celle que les auteurs ont décrite sous le nom d'*encéphalite*, et qu'ils nous ont montrée à la suite de plaies de tête, ou dans d'autres circonstances, donnant lieu aux phénomènes que l'on est convenu de rapporter à l'inflammation du cerveau ou de ses enveloppes. J'avais vu moi-même dans plus d'un cas, à la suite de délire, de symptômes épileptiformes, etc., des circonvolutions rouges, tuméfiées, ramollies, adhérentes aux membranes; je dus rechercher alors comment une même altération pouvait donner lieu à deux ordres de phéno-

1

mêmes si différents, et je ne tardai pas à reconnaître que lorsque
la maladie revêtait la forme d'apoplexie, l'altération des circonvolutions s'étendait toujours à une grande partie de la surface du cerveau ; que lorsqu'elle s'annonçait par des signes d'irritation, elle n'occupait qu'un espace circonscrit à quelques
circonvolutions. Il me sembla alors que deux altérations dont
la physionomie est identiquement la même, et qui ne diffèrent
absolument que par leur étendue, doivent avoir nécessairement
la même nature, et que, si l'une d'elles est une inflammation,
il est impossible de ne pas attribuer à l'autre le même caractère ; qu'en un mot il faut refuser ou accorder à toutes deux
le nom d'inflammation.

Je sais que la forme symptomatique à laquelle j'ai d'abord fait
allusion ne paraît guère en harmonie avec cette manière de voir ;
cependant, me fiant aux données plus certaines que me fournis-
sait l'anatomie pathologique, j'ai pensé que sans doute le désaccord n'est qu'apparent, et qu'il est possible, sans forcer les
faits, de se rendre compte dans ce sens des liens qui unissent
les phénomènes observés pendant la vie aux altérations rencontrées après la mort.

Le but de ce mémoire est donc de faire connaître des faits encore peu étudiés et de prouver leur nature inflammatoire ; c'est
une forme nouvelle d'encéphalite que j'ai à décrire, ou plutôt
dont j'ai à démontrer l'existence (1). Ma tâche sera difficile ; le
point de vue nouveau sous lequel je présente ces faits se trouvera sans doute en désaccord avec une manière de voir basée
sur d'autres principes ; ensuite je n'ignore pas l'écueil que pré-

---

(1) Je ne me suis décidé qu'avec peine à publier ce travail. Les idées
que j'y mets en avant ne sont pas partagées par tout le monde, et je le
dis surtout à regret, M. Cruveilhier donne aux faits que je vais rapporter
une tout autre explication que celle que j'ai cru devoir adopter. On
conçoit que j'aie dû hésiter avant de me mettre ainsi en opposition, si
je puis ainsi dire, avec un maître si bon et dont personne n'apprécie plus
que moi les précieuses leçons et la longue expérience ; mais on doit
croire que ce n'est qu'après beaucoup de réflexions, et l'analyse d'un
grand nombre de faits, que j'ai cru pouvoir arrêter mes idées sur ce
point et les mettre au jour.

sente la théorie lorsqu'on abandonne un instant la ligne droite de l'observation. Mais, si je ne réussis pas à porter la conviction dans l'esprit du lecteur, je croirai cependant n'avoir pas fait un travail inutile, quand je ne parviendrais qu'à fixer son attention sur une manière d'envisager les faits susceptible peut-être de jeter quelque jour sur d'autres points de la pathologie cérébrale, cette branche de notre science si belle et si difficile.

Je vais d'abord rapporter les observations qui sont le sujet de ce travail ; j'étudierai ensuite les conséquences qui me paraîtront résulter de leur analyse et de leur comparaison avec d'autres faits.

§ I. *Cancer de l'utérus. Perte de connaissance, sans symptômes précurseurs ; abolition complète du sentiment et du mouvement à droite, sans raideur ; mort au bout de quarante heures, à peu près, dans un coma profond, avec résolution et insensibilité générales. Rougeur, tuméfaction, ramollissement superficiel des circonvolutions de l'hémisphère gauche ; apoplexie capillaire, adhérences de la pie-mère.*

La nommée Gougy, âgée de 51 ans, était couchée au n° 19 de la salle Sainte-Marthe : affectée d'un cancer de l'utérus très avancé, elle souffrait excessivement, et de fortes doses d'opium lui procuraient à peine du soulagement. Le 12 août 1838 on la trouva dans l'état suivant, qui paraît être survenu la veille, dans la journée.

Coma profond, la face est légèrement contractée, la bouche un peu déviée à gauche, la narine droite affaissée ; les pupilles sont normales, peu contractiles ; les paupières s'abaissent lentement lorsqu'on en approche la main brusquement ; les conjonctives sont également sensibles, mais la pituitaire droite semble tout à fait insensible au toucher. Résolution complète avec insensibilité du bras et de la jambe droite ; partout ailleurs, le moindre attouchement détermine des signes d'une vive impatience. La malade ne profère pas une plainte ; l'ouïe paraît totalement abolie. La respiration est haute, peu fréquente, égale des deux côtés ; la peau est assez chaude, le pouls peu développé, d'une fréquence normale. On ne peut obtenir de renseignements précis sur la manière dont ces accidents ont débuté ; il paraît que la veille, dans la journée, on a remarqué qu'elle cessait de parler, de se plaindre; mais, par négligence, on n'a pas appelé l'élève de garde. Le soir, même état. Le lendemain matin, coma plus profond encore, résolution et insensibilité générales, respiration fréquente et stertoreuse, circulation presque éteinte; mort à dix heures.

Autopsie, vingt-cinq heures après la mort.

Une grande quantité de sang s'écoule des sinus de la dure-mère. La cavité de l'arachnoïde, bien que très humide, ne laisse pas écouler une quantité appréciable de sérosité. Les vaisseaux de la base sont sains. La pie-mère présente une injection sanguine prononcée, surtout à gauche, sans infiltration séreuse.

L'hémisphère gauche paraît plus volumineux que le droit; les circonvolutions sont tassées et aplaties. La pie-mère adhère généralement à la surface du cerveau et entraîne avec elle une partie de la substance corticale. Les circonvolutions sont beaucoup plus volumineuses que celles du côté opposé, moins consistantes, mais peu ramollies, car un filet d'eau les pénètre à peine; cette altération occupe à peu près les deux tiers de ces circonvolutions, surtout celles de la partie moyenne de la convexité, et en dehors, celles qui avoisinent le lobule du corps strié, et ce lobule lui-même. On trouve au fond de plusieurs anfractuosités quelques plaques formées par un pointillé d'un violet presque noir (apoplexie capillaire); quelques plaques semblables se rencontrent sur la convexité de l'hémisphère droit, qui ne présente aucune autre espèce d'altération. La coloration rose et le ramollissement ne s'étendent nulle part au-delà de la substance corticale, dont ils ne paraissent pas occuper toute l'épaisseur. La substance blanche est un peu pointillée, d'une consistance normale. Les ventricules contiennent un peu de sérosité, et leurs parois sont saines, à part un peu de ramollissement superficiel et légèrement rosé du corps strié et de la couche optique gauches.

Poumons flasques, à peine engorgés, un peu de mucus opaque dans les bronches. Le cœur est d'un petit volume, ses orifices parfaitement libres. Dégénérescence squirrheuse considérable du corps de l'utérus et du vagin (1).

----

(1) Quelque peu de valeur que l'on doive accorder, j'en conviens, aux renseignements dont on est obligé de se contenter, dans les hôpitaux, sur les antécédents des malades, je crois pouvoir affirmer que chez cette femme que nous avions depuis longtemps dans nos salles, et à laquelle, depuis près de trois mois, je parlais moi-même presque tous les jours, on ne saurait douter aucunement de l'absence de symptômes cérébraux précurseurs ; et cela, d'autant plus qu'elle n'était pas d'un âge assez avancé

L'instantanéité et la nature des accidents qui avaient enlevé si rapidement cette malade caractérisent parfaitement la marche que suivent habituellement l'hémorrhagie cérébrale et plus rarement cette forme de congestion à laquelle on a donné le nom de coup de sang ; et les altérations que l'on a rencontrées après la mort tiennent à la fois et de l'hémorrhagie et de la congestion. L'apoplexie capillaire, en effet, ne paraît être qu'une forme de l'hémorrhagie cérébrale, résultat, sans doute, de la rupture de vaisseaux capillaires, qui forment de petits foyers isolés, au lieu d'un épanchement en masse ; et d'un autre côté, la rougeur et la tuméfaction des circonvolutions attestaient une congestion sanguine considérable vers la périphérie du cerveau. Mais il y avait quelque chose de plus ; c'étaient des adhérences molles de la pie-mère aux circonvolutions, et un ramollissement superficiel de la substance corticale, c'est-à-dire des signes d'inflammation et d'inflammation récente. Or, s'il est permis de chercher à deviner quelle marche ont suivie ces altérations dans leur développement, on doit penser que l'apoplexie capillaire et la congestion se sont montrées d'abord, et que le ramollissement et les adhérences se sont développés tard. N'est-ce pas précisément cette marche que suit l'inflammation ? Quant aux symptômes, ils nous ont présenté des phénomènes de compression tout-à-fait en rapport avec la *tuméfaction*, que les observations suivantes montreront un des caractères les plus constants de l'altération que nous décrivons (1).

___

pour que des manifestations symptomatiques de ce genre fussent très difficiles à saisir chez elle.

(1) La tuméfaction, dit M. Rostan, n'est guère possible dans l'intérieur du crâne. Cependant il arrive quelquefois que les circonvolutions sont épaissies ; les signes du coma sont, sans doute, dus autant à la compression qui résulte de cette augmentation de volume, qu'à l'altération locale de l'encéphale. (*Recherches sur le ramollissement du cerveau*, deuxième édit., p. 164).

Obs. II. *Entérite chronique. Coma profond, résolution générale, sensibilité obtuse, mort au bout de vingt heures à peu près. Apoplexie capillaire, rougeur, et léger ramollissement de presque toute la périphérie du cerveau et des parois des ventricules, tuméfaction de quelques circonvolutions, adhérences générales de la pie-mère.*

La nommée Farge Domange, âgée de 79 ans, était couchée depuis deux mois dans une salle de *gâteuses*, affectée d'une entérite chronique. Elle s'affaiblissait beaucoup, mais n'avait jamais présenté aucun symptôme cérébral. Le 4 juin 1838, on la trouva, le matin, dans l'état suivant dans lequel elle était tombée on ne sait à quelle heure de la nuit. Coma profond, respiration fréquente (36 inspirations par minute), légèrement ronflante ; paupières abaissées ; pupilles immobiles, dilatées, la droite plus que la gauche ; point de déviation de la face ; résolution générale avec flaccidité des membres ; sensibilité très obtuse, grimaces lorsqu'on la pinçait avec force. La peau était assez chaude, le pouls à 86, plein et fort. Domange demeura toute la journée dans le même état ; le soir, à neuf heures, la circulation ne se faisait plus sentir, une sueur froide et abondante couvrait toute la peau ; elle expira bientôt après sous mes yeux. Autopsie 36 heures après la mort.

Infiltration gélatiniforme et injection médiocre de la pie-mère, adhérences générales de cette membrane, mais faciles à détacher. Les circonvolutions des deux hémisphères présentent la plupart une coloration d'un rose vif, ou d'un jaune peu foncé, avec une foule de nuances intermédiaires ; sur quelques unes, et surtout au fond des anfractuosités, on remarque des plaques formées d'un pointillé d'un rouge vif ou noirâtre (apoplexie capillaire), ovalaires ou irrégulièrement arrondies. Presque toute la surface du cerveau est d'une mollesse remarquable, mais sans diffluence. Quelques circonvolutions, colorées en rose, sont très volumineuses et évidemment tuméfiées. Ces diverses altérations, plus prononcées à droite qu'à gauche, occupent surtout la partie moyenne de la convexité de chaque hémisphère, mais descendent un peu vers la base. Les parois des ventricules latéraux sont très molles à leur superficie, avec une légère coloration jaunâtre des corps striés et des couches optiques. La coloration rosée des circonvolutions n'occupe que leur couche corticale. La substance médullaire présente peu d'injection, mais un peu plus de mollesse qu'à l'ordinaire. La moelle allongée et le cervelet n'offrent rien à noter. Inflammation très vive de tout le canal intestinal.

Ici nous trouvons précisément les mêmes altérations que dans le cas précédent, seulement répandues sur toute la superficie du cerveau, même sur sa surface ventriculaire. Les symptômes se sont montrés en rapport avec les lésions anatomiques et généraux comme elles. La mort a été très prompte; aussi les adhérences de la pie-mère étaient bien moins prononcées que dans le cas précédent; ce qui montre que dans ce dernier ce n'était pas à cause de son défaut de consistance que la substance corticale se laissait enlever par la pie-mère, mais bien à cause des adhérences qui s'étaient formées entre elles. Quant au ramollissement, on sait avec quelle rapidité il peut se produire dans la substance cérébrale; mais il y a loin encore de cette formation rapide à un développement instantané que quelques auteurs ont cru devoir admettre, et dont il est permis de douter jusqu'à ce que son existence soit plus sûrement démontrée.

Obs. III. *Céphalalgie, étourdissements, plus tard gêne de la parole, puis tout à coup coma, paralysie du mouvement des membres droits; abolition presque complète des fonctions sensoriales du même côté; intelligence à peu près intacte; mort le troisième jour. Rougeur, gonflement et tendance au ramollissement des circonvolutions, en haut et à gauche; ramollissement du corps strié gauche, injection par places, de la substance blanche* (1).

La nommée Fort, âgée de 72 ans, éprouve habituellement, depuis deux ans, de la céphalalgie et des étourdissements; elle a ressenti pour la première fois, il y a trois mois, une grande difficulté à s'exprimer, qui s'est dissipée sans traitement, au bout d'une quinzaine de jours. Elle se portait parfaitement bien, lorsque le 9 octobre 1838, étant au lit, on s'aperçut tout à coup qu'elle était paralysée, et on la transporta à l'infirmerie, où elle présenta l'état suivant :

Femme grasse, bien constituée, plongée dans un coma profond. La joue droite se laisse distendre à chaque expiration; la bouche n'est pas déviée; la langue est un peu tournée à droite. Le bras droit

____

(1) Je dois cette observation à l'amitié de mon collègue M. Ernest Boudet.

est résolu sans raideur; cependant, quand on la pince, il exécute
quelques mouvements; la jambe de ce côté est aussi fort peu mobile.
Le côté droit de la face est beaucoup moins sensible que le côté
opposé; il en est de même de la conjonctive et de la pituitaire droites.
La malade ne voit un peu que de l'œil gauche (elle a été opérée de
la cataracte à droite). Le pouls est fort, inégal, irrégulier, à 80 p.
Seize respirations inégales et irrégulières; peau tiède, pas de rougeur à la face, pas de vomissements. La malade entend, mais n'obéit
que lentement aux ordres qu'on lui donne. (Limon., 20 sangsues
derrière les oreilles, lav. avec trois gouttes d'huile de croton.)

10 octobre. Pendant la nuit, agitation, plaintes inarticulées.
Déviation de la bouche à gauche; quelques mouvements faibles à
droite; mouvements presque continuels des membres gauches et
des yeux. Stertor, écume à la bouche, l'intelligence paraît toujours
conservée. (Saignée de 4 pal.)

11 octobre. Hier soir, affaissement profond, gêne extrême de la
respiration; des sinapismes diminuent ce dernier symptôme. La nuit
est assez calme. Ce matin, la respiration n'est plus stertoreuse, bien
que très fréquente (40 inspirations par minute). Le pouls est à 80.
Mort à trois heures du soir.

Autopsie quarante-une heure après la mort. (temp. de +8° R.)
Les os du crâne contiennent beaucoup de sang; les sinus de la dure-
mère sont remplis de sang liquide ou coagulé. La pie-mère ne contient pas de sérosité; ses veines sont considérablement dilatées et
remplies de sang, un peu plus à gauche qu'à droite. Bien qu'elle offre
une couleur rouge presque uniforme, il n'y a pas d'extravasation de
sang hors des vaisseaux.

La pie-mère, très friable, s'enlève facilement, et ne paraît pas
plus adhérente d'un côté que de l'autre. L'hémisphère gauche est
plus volumineux que le droit; ses circonvolutions tuméfiées et pressées les unes contre les autres. Elles sont d'une couleur rose très
vive, surtout à la partie antérieure, moyenne et externe de l'hémisphère. Au milieu de la rougeur la plus vive on voit de petites plaques claires, où la substance grise a conservé sa couleur normale.
La coloration rouge occupe toute l'épaisseur de la substance corticale. Les circonvolutions semblent un peu mollasses au toucher;
cependant un filet d'eau ne les pénètre pas, seulement il dessine
quelques franges sur le bord d'une coupe faite à sa substance corticale. La substance blanche présente un piqueté assez serré; il ne
s'écoule pas de sang à la coupe, mais on y voit de larges plaques
rosées. Le corps strié est beaucoup plus volumineux que celui du

côté opposé ; il est à la surface et dans son épaisseur d'une couleur rougeâtre semblable à celle des circonvolutions. Il ne paraît aucunement désorganisé ; cependant quand on le touche on éprouve une sensation de mollesse, de rénitence, assez semblable à celle d'une gelée un peu ferme ; la substance blanche voisine, quoiqu'à un moindre degré, présente à peu près la même altération. La projection d'un jet d'eau un peu fort produit sur le corps strié un phénomène assez curieux : c'est une énucléation presque complète de ce corps, de l'espèce de coque qui le renferme, et une dissection très délicate, sans déchirure apparente, des fibres blanches qui le traversent ; à part cela, le jet d'eau altère à peine le noyau du corps strié lui-même. La couche optique n'est pas sensiblement altérée. L'hémisphère droit ne présente de remarquable qu'une injection assez prononcée. Petite quantité de sérosité limpide dans les ventricules et à la base du crâne. Congestion assez prononcée du cervelet et du bulbe rachidien. Épaississement des artères cérébrales. Cœur volumineux. Poumon infiltré de sang.

Dans cette observation, la maladie est plus étendue que dans les précédentes; elle n'est plus circonscrite à la substance grise des circonvolutions; elle occupe aussi le corps strié et un peu des parties environnantes. Remarquez, du reste, que cette altération du corps strié est tout à fait semblable à celle que nous n'avons observée jusqu'ici qu'aux circonvolutions; c'est la même tuméfaction, la même rougeur, la même mollesse, sans désorganisation. Il n'y avait pas d'adhérences bien prononcées des membranes au cerveau; mais aussi les circonvolutions, suivant l'expression de l'auteur de l'observation, ne présentaient qu'une *tendance* au ramollissement; la maladie était presque restée à l'état de simple congestion.

Les plaques non colorées que présentait la substance corticale, sans être absolument rares dans la congestion cérébrale, sont un phénomène curieux et difficile à expliquer, quel que soit le caractère que l'on attribue à l'altération du cerveau.

Les symptômes paraissent toujours l'expression d'un état de compression, dont la turgescence des parties congestionnées rend parfaitement compte.

Obs. IV. *Hémiplégie droite incomplète depuis un an. Perte subite de connaissance, coma profond, contracture du bras droit. Mort au bout de près de cinq jours. Ramollissement chronique avec désorganisation du lobe antérieur gauche; rougeur, tuméfaction, ramollissement superficiel, et adhérences avec la pie-mère des circonvolutions voisines*(1).

Vaudet, âgée de 53 ans, bien constituée, a été frappée pour la première fois d'hémiplégie droite, il y a un an; cette paralysie se dissipa peu à peu, et se renouvela subitement il y a six mois; depuis cette époque il reste de la faiblesse du côté droit, sans céphalalgie. Le 12 août 1838, dans la soirée, Vaudet, causant gaiment avec ses parents, tombe tout à coup sans connaissance. On la trouve le lendemain matin dans l'état suivant :

Elle est plongée dans un coma profond, couchée sur le dos, tout à fait immobile; aucune parole, aucun gémissement n'est proféré. La bouche est légèrement déviée à gauche; les paupières, entr'ouvertes, se referment lorsqu'on approche des yeux un corps étranger; les pupilles sont normales; l'ouïe parait complétement abolie. Il y a de la raideur et peu de mobilité à droite; les mouvements sont libres à gauche; la sensibilité est obtuse. La respiration est fréquente, 28 inspirations par minute; le pouls est large, plein, fréquent, à 100 p. Pas de vomissement au début. (Saignée du bras, lav. purg.)

14. Le bras droit, qui hier n'était qu'un peu raide, est aujourd'hui le siége d'une forte contracture, qu'on dit s'être déjà montrée au moment de l'attaque. (40 sangsues derrière les oreilles, vésic. aux jambes.)

15. Même état, à peu près; la pituitaire droite est tout à fait insensible à l'ammoniaque qui parait agir fortement sur la gauche. Le pouls est fort, très irrégulier; la peau brûlante.— 16. Un peu moins de raideur à droite (saig., lav. purg.). — 17. Respiration bruyante, embarrassée, se suspendant par intervalles; la raideur a presque disparu à droite; encore un peu de sensibilité à gauche; pouls petit, très irrégulier. Mort dans la journée.

Autopsie, vingt-deux heures après la mort.

Un peu de sérosité sanguinolente dans la cavité de l'arachnoïde. Les artères de l'encéphale sont partout souples et exemptes d'ossification; mais celles qui se rendent à la partie antérieure de l'hémi-

---

(1) Les détails qui suivent m'ont été communiqués par mon collègue et ami M. Rogée, interne du service où a été placéecette malade

sphère gauche, c'est à dire la carotide interne et ses principales branches, sont remplies par un caillot rougeâtre, assez ferme, qui les oblitère. Tout le lobe antérieur de cet hémisphère est affaissé, tout a fait déformé, profondément ramolli; partout ailleurs, mais surtout à la partie interne et moyenne de la convexité de ce même hémisphère, les circonvolutions sont pressées et aplaties. Toutes celles qui avoisinent le ramollissement sont très volumineuses, d'une couleur rose, et un peu ramollies, mais très superficiellement ; la piemère qui les recouvre leur est notablement adhérente, tandis qu'ailleurs elle s'enlève avec la plus grande facilité. Le ramollissement du lobe antérieur est jaunâtre à l'extérieur, blanc plus profondément et il occupe toute l'épaisseur du lobe qui est converti en une véritable bouillie. Le corps strié et la moitié antérieure de la couche optique sont le siége d'un ramollissement de couleur de rouille ; la surface ventriculaire du corps strié est étroite, aplatie, froncée. Peu de sérosité dans les ventricules ; rien de remarquable dans l'hémisphère droit, si ce n'est un piqueté assez prononcé du centre ovale. Le cervelet et le bulbe rachidien sont à l'état normal.

Les poumons et le cœur ne présentent rien à noter.

Cette observation, moins simple que les précédentes, nous présente deux ordres d'altérations qu'il est facile, je pense, de rattacher les unes aux accidents éloignés, les autres aux symptômes qui ont précédé la mort. Deux attaques de paralysie avaient eu lieu à six mois de distance l'une de l'autre, caractérisées toutes deux par une hémiplégie qui s'était dissipée ensuite en partie. Pour les expliquer, on a rencontré un ramollissement blanc, étendu, du lobe antérieur de l'hémisphère opposé à la paralysie, et un ramollissement du corps strié et de la couche optique, dont la coloration brune, due sans doute à la présence du sang, me paraît faire une altération bien distincte de la précédente. Pourquoi une lésion aussi étendue ne produisait-elle que des symptômes légers, c'est ce que je n'ai pas à rechercher ici, et c'est un fait que l'on observe assez souvent, tout extraordinaire qu'il paraisse. Mais ce qui me paraît important à établir, c'est que les accidents qui se sont passés sous nos yeux sont dus à l'altération certainement récente que présentaient les circonvolutions voisines du ramollissement chronique. Je sais

bien qu'il est des cas où , à la suite de symptômes de ce genre,
on n'a trouvé autre chose qu'un ramollissement chronique
comme ce dernier, et dont l'apparence et des prodromes plus
ou moins prononcés attestaient ordinairement , comme dans
notre observation, l'origine éloignée. Mais quand même il y aurait une modification inconnue de l'organe cérébral, capable
de donner lieu à une perturbation de ses fonctions analogue à
celle que nous avons observée, je ne crois pas qu'il soit permis
de refuser à une altération aussi évidente la part que je lui attribue dans la production des symptômes qui ont coïncidé avec
elle. Je puis d'autant moins l'admettre, que je n'ai vu nulle part
qu'une semblable altération se soit montrée sans symptômes,
ce qui est du reste d'accord avec sa nature essentiellement
aiguë.

OBS. V. *Perte subite et incomplète de connaissance ; hémiplégie droite avec contracture le premier jour, puis simple
résolution ; plus tard raideur du bras gauche. Mort au bout
de cinquante-quatre heures. Rougeur et ramollissement superficiel des circonvolutions de l'hémisphère gauche, avec
adhérences de la pie-mère et tuméfaction à peine prononcée*

Thérèse Perchereau, âgée de 77 ans, ne portait aucune trace d'affection cérébrale. Sa santé était généralement bonne, elle ne se
plaignait pas de la tête, son intelligence était bien conservée ; elle
s'occupait habituellement à filer, et marchait sans l'aide d'une canne.
Le 13 octobre 1838, elle allait sortir, lorsque tout à coup elle tomba
sans connaissance ; je la vis une heure après ; elle était dans l'état
suivant :

Demi-coma, pâleur, face hébétée; les paupières, entr'ouvertes, ne
se referment pas quand on en approche le doigt; la narine droite est
affaissée, la bouche un peu déviée à gauche ; la face est tout à fait
paralysée à droite. Le bras droit est fléchi sur la poitrine, dans un
état de contracture assez forte ; on n'en obtient aucun mouvement,
même en le pinçant fortement, bien que la sensibilité soit à peu
près conservée, comme l'indiquent alors les mouvements du bras
gauche et les contractions du *côté gauche* de la face. La jambe
droite est moins raide et un peu mobile. Du côté gauche, les mouvements paraissent assez libres, bien qu'il y ait un peu de raideur.

La malade paraît entendre; elle tourne la tête et les yeux du côté de la voix qui frappe son oreille, et essaie même quelques réponses inarticulées. Les mâchoires, fortement contractées, ne laissent pas voir la langue, et permettent à peine d'introduire quelques cuillerées de tisane qui sont avalées sans beaucoup de difficulté. Le pouls est petit, régulier, à 74; la respiration normale, la peau froide; il n'y a pas eu de vomissement au début (12 sangsues au cou; huile de ricin ʒ j).

Le soir, le bras droit était dans un état de résolution complète; la raideur n'y reparut pas.

14. Quelques légers signes de connaissance, l'assoupisssement n'est pas très profond. Quelques selles; émission involontaire des urines. Le pouls est un peu plus fréquent et plus développé qu'hier; la peau chaude, sans sécheresse. Du reste, même état qu'hier soir.

(Looch avec Kermès gr. vj. Vesic. au devant du sternum.)

Le soir, coma profond, même résolution du bras droit; beaucoup de raideur à gauche; sensibilité conservée partout.

15. Il y a toujours de la raideur à gauche. La respiration est un peu râlante, d'une fréquence normale.

De temps en temps la bouche se remplit de mucosités spumeuses qui ne sont rejetées qu'avec peine, et qui rendent la suffocation imminente; alors la malade porte la main gauche à la bouche, et essaie d'en arracher ce qui s'oppose au passage de l'air; cependant à peine si la face se colore dans ces instants. Le pouls conserve encore un peu de force. Mort à deux heures après midi.

Autopsie, 20 heures après la mort.

Une quantité assez considérable de sang liquide s'échappe des sinus de la dure-mère; l'arachnoïde contient à peine quelques gouttes de sérosité; la pie-mère n'en est aucunement infiltrée, mais fortement injectée de sang; les vaisseaux sont également distendus des deux côtés. Elle adhère à presque toutes les circonvolutions et anfractuosités de l'hémisphère gauche par de petits filaments nombreux; dans beaucoup de points, elle enlève presque toute l'épaisseur de la substance corticale. La surface des circonvolutions paraît inégale, comme tomenteuse, par suite de ses adhérences avec la pie-mère; elles présentent çà et là de petites plaques d'un rouge assez vif, qui pénètre jusqu'à la substance blanche; ce sont surtout ces points dont la pie-mère a emporté des lambeaux. Quelques circonvolutions paraissent un peu plus volumineuses que celles du côté opposé. La substance corticale est rose dans toute son épaisseur, très légèrement ramollie à sa surface; un filet d'eau projeté sur une coupe des circonvolutions, en détache les bords en forme de franges. Presque toutes les anfractuosités de la convexité présentent une coloration framboisée, avec un ramollissement assez prononcé. La substance blanche est un peu injectée, d'une consistance normale ; le corps strié et la couche optique en particulier sont tout à fait sains. Rien à noter dans l'autre hémisphère. Quelques cuillerées de sérosité dans les ventricules. Le cervelet, la moelle allongée et la moelle spinale sont à l'état normal.

Poumons engoués. Un peu d'hypertrophie concentrique du ventricule gauche du cœur.

Nous voyons manquer presque complétement dans cette observation un phénomène que nous avions constamment rencontré jusqu'ici et auquel nous avions cru devoir attribuer quelque importance dans la production des symptômes: je veux parler de la tuméfaction des circonvolutions. Nous voyons en même temps que Perchereau a conservé pendant les deux premiers jours un certain degré de connaissance et qu'elle a présenté des phénomènes de contracture bien prononcés et qui ne s'étaient pas encore montrés à nous à ce degré. Faut-il chercher un rapport entre ces deux circonstances, et attribuer ce faible reste d'intelligence et la manifestation de la contracture à ce que le cerveau étant moins comprimé que lorsque ses circonvolutions étaient tuméfiées, ses fonctions n'ont pas été frappées d'un engourdissement aussi complet? Je me contenterai de l'indication de ce fait, sans insister sur une explication dont la valeur est difficile à apprécier. Il faut remarquer encore cette paralysie complète du bras droit, dont rien, à l'autopsie , n'a donné la raison particulière.

Obs. VI. *Symptômes d'une affection cérébrale chronique. Quelque temps avant la mort, assoupissement, quelques mouvements convulsifs à droite, raideur des doigts, puis coma profond, résolution générale. Ramollissement chronique de l'hémisphère gauche, injection vive de la pie-mère à gauche, avec circonvolutions volumineuses, mollasses, aplaties* (1).

---

(1) Bright , *Medical reports.* Vol. 2, part. 1, p. 185. Case 83. Th.

John Muridge, âgé de 28 ans, entra à l'hôpital de la Clinique, présentant un état d'affaiblissement de l'intelligence, des sens et des mouvements en général, et une hémiplégie droite incomplète. Depuis deux ans, il était sujet aux maux de tête, aux étourdissements, aux pertes de connaissance. Dans les derniers temps de la vie, il survint de l'assoupissement qui augmenta graduellement, des mouvements convulsifs du côté droit de la face et du corps, de la raideur dans les doigts de ce côté ; puis le coma devint plus profond, le pouls petit, très fréquent, la peau se couvrit de sueur, l'immobilité devint absolue, et il mourut.

La dure-mère enlevée, on remarqua une grande différence dans la vascularité des deux hémisphères ; la pie-mère qui recouvrait le gauche présentait une injection rouge magnifique, à sa partie postérieure surtout, et sans épanchement. Cet hémisphère paraissait aussi beaucoup plus volumineux que le droit, les circonvolutions étaient molles et aplaties.

Dans la substance médullaire des lobes antérieur et postérieur, on voyait deux ramollissements étendus, très prononcés, légèrement grisâtres, avec un peu de pointillé rouge. En dedans du ramollissement antérieur, il y avait un peu d'induration ; le postérieur s'étendait jusqu'aux circonvolutions où les deux substances se confondaient. L'hémisphère droit présentait son aspect naturel, avec un peu de sérosité au dessous de l'arachnoïde.

L'auteur de cette observation remarque que l'état de la pie-mère annonçait un état inflammatoire récent, et que les symptômes de compression qui se sont montrés à la fin de la vie étaient parfaitement en rapport avec l'applatissement des circonvolutions. Nous voyons ici, comme dans l'observation IV°, une affection aiguë entée sur une affection chronique, et s'en distinguant aussi facilement, et par sa physionomie anatomique et par ses symptômes. Du reste, elle a suivi, dans ce cas, une marche un peu différente de celle que nous avons déjà observée; les accidents n'ont pas eu le même caractère d'instantanéité dans leur début; ainsi le coma s'est montré peu à peu; ainsi il y a eu, et ceci est important à noter, des mouvements convulsifs. On verra, en effet, un peu plus loin, comment nous comprenons que l'invasion brusque de la maladie s'oppose au développement des phénomènes d'irriation, qui paraîtraient devoir lui appartenir, et comment, lorsqu'elle survient graduellement, elle s'accompagne du cortége plus ou moins complet des symptômes qui en revèlent ouvertement la nature.

§ II. Dans les observations que je viens de rapporter, il ne me paraît possible de se rendre compte de la relation qui existe entre les symptômes et l'altération anatomique, que de deux manières : ou le ramollissement des circonvolutions a débuté instantanément comme les accidents, ou il s'est développé secondairement et n'est plus la lésion essentielle; et dans cette dernière hypothèse, quelle est la cause des phénomènes primitifs qui se sont montrés au début?

Ce serait peut-être ici le lieu de discuter la question de la possibilité du début subit du ramollissement cérébral, question résolue négativement, ou au moins d'une façon douteuse par beaucoup de médecins, et que cependant MM. Cruveilhier, Andral (1), Rostan (2) paraissent regarder comme démontrée. Je pourrais faire remarquer, avec M. Rostan lui-même, que ces sortes de ramollissements ne se montrent guère sans prodrômes, et que sans aucun doute il y avait commencement d'altération, dès le moment où les premiers signes se sont montrés. Je pourrais citer des cas où, chez des sujets morts par d'autres organes que le cerveau, on a trouvé des ramollissements étendus de l'encéphale, sans qu'aucun symptôme en eût pu faire présager l'existence, et demander si, chez eux, une simple congestion n'eût pu donner lieu à des accidents aussi graves que subits, et que l'on eût faussement attribués au début instantané du ramollissement. Mais je ne veux pas m'engager ici dans une discussion longue et difficile, sur une question qui, malgré les autorités que j'ai citées plus haut, me paraît pouvoir être difficilement résolue, au moins dans l'état actuel de la science, par l'affirmative ou la négative. S'il est difficile, en effet, d'admettre la production instantanée de ces désorganisations profondes, qui semblent

----

(1) Andral, *Clinique médicale*, t. V. p. 413.
(2) Rostan. *Loc. cit.* p. 153.

porter l'empreinte d'un travail lent et progressif (1), cependant il ne sera permis de nier positivement le mode de formation qu'on leur attribue, que lorsqu'on se sera rendu compte, d'une manière satisfaisante, de cette instantanéité, dans la production de laquelle je suis porté à croire que l'on peut faire jouer à la congestion cérébrale un rôle important. Si je ne me trompe, on néglige trop, dans l'étude de la pathologie des centres nerveux, la congestion, dont les traits légers et la nature fugace rendent l'appréciation douteuse et l'observation difficile, mais dans laquelle on peut trouver une raison simple et logique des phénomènes à l'occasion desquels on se livre à bien d'autres hypothèses moins solides encore et moins satisfaisantes.

Je vais maintenant me livrer à l'analyse des observations que j'ai rapportées.

Tout le monde conviendra que les altérations que j'ai décrites sont précisément celles qui caractérisent l'inflammation du cerveau; rougeur, tuméfaction, ramollissement, adhérences des

---

(1) Les observations de M. Durand-Fardel ont été toutes prises à la Salpêtrière. Or, on sait combien il est difficile, dans cet hospice, d'avoir des renseignements précis sur les antécédents des malades qui sont transportées à l'infirmerie, et surtout de celles qui sont affectées de ramollissement cérébral. C'est là ce qui a jeté jusqu'à présent quelque doute sur l'invasion subite de cette affection signalée par quelques observateurs. M. Durand-Fardel a été forcé, comme on le voit dans ses observations, de se contenter de renseignements fort incertains, et l'histoire positive de ses malades ne commence guère qu'au moment où elles ont été prises d'accidents apoplectiformes. En sorte que les objections qu'on a faites aux observations qui ont précédé les siennes conservent toute leur force. On a dit, en effet : « Les symptômes de la première période du ramollissement sont légers, difficiles à observer, il faut pour les constater une attention particulière; puis viennent souvent, avec rapidité, des symptômes plus graves et plus évidents; qui nous dit que ce ne sont pas seulement ceux de la deuxième période qui ont été observés? Cette objection n'est pas, et ne pouvait pas être détruite par la plupart des observations prises dans les circonstances où se trouvaient les malades de M. Durand-Fardel; mais, hâtons-nous de le dire, ce n'est pas là la partie la plus importante de la question. Les observations intéressantes de l'auteur de ce mémoire auront ajouté beaucoup, nous n'en doutons pas, à la symptomatologie et à l'anatomie pathologique de cette maladie encore imparfaitement connue : le ramollissement cérébral.   N. des R.

membranes : tels sont les éléments anatomiques qui se présentent à nous.

Nous avons vu la rougeur surtout prononcée dans la substance corticale qui présente une foule de nuances, depuis un rose tendre jusqu'à une rougeur framboisée. Des plaques amaranthe ou noirâtres, auxquelles M. Cruveilhier donne le nom d'apoplexie capillaire, et qui ne sont probablement autre chose que le résultat de la rupture de petits vaisseaux, témoignent de la force avec laquelle le sang s'est porté à la périphérie du cerveau (1). Une légère teinte jaune, répandue sur quelques circonvolutions, et analogue à celle qui environne la plupart des épanchements qui se font à la surface et à l'intérieur du cerveau, annonce encore un tissu gorgé de sang. Cette rougeur, ordinairement limitée à la substance corticale, se montre aussi plus ou moins prononcée dans la substance médullaire, où l'on rencontre alors parfois ces bandes rosées si fréquentes dans les cerveaux des aliénés et surtout des épileptiques.

La tuméfaction des circonvolutions est un phénomène remarquable, qu'il ne faut pas confondre avec l'hypertrophie du cerveau, et qui indique un afflux considérable des liquides vers la partie qui en est le siége. M. le professeur Bouillaud, qui paraît l'avoir souvent observé, compare cet état à la fluxion sanguine qui caractérise l'érection : « C'est un phénomène digne de remarque, dit-il, que la facilité avec laquelle se gonfle et s'érige en quelque sorte la pulpe cérébrale, sous l'influence d'une vive irritation (1). » « Dans les inflammations aiguës du cerveau, dit le professeur Lallemand, il existe une fluxion qui produit une turgescence plus ou moins considérable, et par suite une compression des parties non enflammées, et des symptômes généraux, tels que le coma, la perte de connaissance..... (2) »

(1) Quelquefois la congestion sanguine est assez forte pour briser quelques vaisseaux capillaires, et alors le sang est infiltré dans la substance cérébrale, où il peut même former de petites ecchymoses, des espèces de *foyers apoplectiques* particls. (Bouillaud. *Traité de l'encéphalite*, p. 230.)

(1) Bouillaud. *Dict. de méd. et de chir. prat.* T. 7, art. *Encéphalite.*

(2) Lallemand. *Recherches sur l'enc....* Let. troisième, p. 437.

Cette turgescence, que nous avons montrée à un si haut degré dans les observations précédentes, est donc, presque certainement, un phénomène d'encéphalite, d'autant plus qu'elle ne s'est jamais rencontrée, que je sache, ailleurs que dans l'encéphalite (3) : aussi j'y attache beaucoup d'importance, non seulement parce qu'à elle seule elle paraît démontrer la nature inflammatoire de la maladie, mais encore parce qu'elle nous donne, comme nous le verrons tout à l'heure, l'explication d'une partie des phénomènes que nous avons observés pendant la vie.

Quant au ramollissement, son étude attentive me paraît aussi devoir singulièrement aider à la solution de la question. On prétend que ce ramollissement est primitif, c'est à dire sans doute qu'il est toute la maladie, la cause des symptômes et le point de départ des autres altérations. Mais si l'on fait attention que dans les cas que j'ai cités, aussi bien que dans tous ceux de ce genre que j'ai pu observer, ou dont j'ai lu la description, ce ramollissement est à peine prononcé , superficiel , consistant dans une simple diminution de cohésion, et n'ayant aucun rapport avec cette désorganisation qui constitue le ramollissement de cerveau proprement dit. Si l'on remarque qu'un filet d'eau pénètre à peine le tissu ramolli, sans jamais en entraîner de fragments ; si l'on se rappelle que nous avons vu le corps strié détaché de la coque qui le renferme, et ses fibres blanches disséquées par un filet d'eau, sans que son tissu propre en fût lui-même altéré (Obs. iii) ; on sera convaincu que le ramollissement que j'ai décrit est une altération tout à fait secondaire, et que l'aspect qu'il présente et son peu d'intensité ne permettent pas de le regarder comme l'élément principal, comme le point de départ de la maladie. J'insiste sur ce fait qui me paraît d'une haute importance : si un ramollissement est primitif, s'il est

---

(3) L'on rencontre bien quelquefois de la tuméfaction dans l'apoplexie capillaire ; mais alors elle est tout à fait circonscrite, peu prononcée, et elle tient uniquement à la place qu'occupe le sang épanché entre les molécules du tissu cérébral. C'est la tuméfaction de l'ecchymose, tandis que celle que j'ai décrite est celle de l'érysipèle.

capable de donner lieu par lui-même aux accidents si graves que j'ai décrits, ce ramollissement doit être très prononcé, il doit y avoir désorganisation du tissu cérébral. Mais comme dans tous les cas que j'ai cités, dans tous ceux de ce genre que je connais, il n'en est point ainsi, je crois pouvoir affirmer que ce ramollissement s'est développé secondairement.

Nous avons vu que la pie-mère adhérait toujours aux circonvolutions ramollies, et que ces adhérences étaient parfaitement limitées aux points malades. Personne ne contestera à cette altération sa nature inflammatoire, qui vient confirmer le caractère que j'ai cru devoir assigner à la maladie dont elle est un des éléments. Dans une seule observation, où les adhérences de la pie-mère ne paraissaient pas plus marquées sur l'hémisphère malade que de l'autre côté (Obs. iii), nous avons déjà vu que le ramollissement était à peine prononcé, et que cette circonstance servait encore à démontrer la liaison que nous croyons exister entre le ramollissement et les adhérences des circonvolutions, c'est à dire entre les deux éléments *inflammatoires* de la maladie. La pie-mère a toujours présenté une injection plus ou moins vive, générale, ou limitée au côté malade (1). Excepté dans l'observation deuxième, elle ne contenait pas de sérosité, la turgescence de la superficie du cerveau ne laissant pas à ce liquide assez de place pour s'épancher au dessous de l'arachnoïde. Probablement dans le cas où nous avons rencontré de la sérosité, elle existait depuis long-temps. Le cerveau. dont les circonvolutions, quoique tuméfiées, n'atteignaient pas la voûte du crâne, était sans doute lui-même dans cet état de retrait, d'atrophie générale, si ordinaire chez les vieillards. (Le sujet de cette observation avait 79 ans.)

---

(1) Je crois que lorsque la pie mère présente de la rougeur, bien qu'elle soit comprimée soit par un épanchement dans les ventricules ou dans le cerveau, soit par une augmentation de volume de ce dernier, on peut affirmer en général qu'elle est le siége d'une congestion active; car dans l'hypertrophie du cerveau, dans les épanchements chroniques considérables des ventricules, les vaisseaux pressés entre les circonvolutions et la voûte du crâne sont presque toujours à peu près vides de sang.

Il me semble que l'étude de ces diverses altérations anatomiques démontre évidemment la nature inflammatoire de la
maladie qu'elles représentent, et cette démonstration me paraît
d'autant plus certaine, qu'elle est basée sur la simple observation
et non pas sur une interprétation plus ou moins hasardée de
faits qu'il serait possible d'envisager sous plusieurs points de
vue. L'anatomie pathologique, en effet, à cet avantage, qu'elle
imprime à quelques uns de ses résultats un caractère de cer-
titude que l'on chercherait vainement ailleurs. Si elle prête souvent à l'erreur, c'est lorsqu'il s'agit de ces lésions fugitives que
l'on ne suit souvent qu'avec les yeux de l'imagination, ou de ces
altérations anciennes, dont la physionomie première totalement changée ne peut être que soupçonnée. Mais s'il est question d'une altération récente, bien tranchée, facile à observer,
et dont tous les éléments s'harmonisent assez pour que la liaison
qui les unit ne puisse échapper à l'œil, alors on peut, je pense,
s'attacher avec quelque assurance aux résultats que donne son
étude, et l'on doit partir de l'altération anatomique pour expliquer les symptômes, plutôt que de chercher dans ces derniers
la clef des lésions qui paraissent les avoir produits.

§ III. Nous allons passer maintenant à l'analyse des symptômes
dont nous avons présenté le tableau, et nous verrons jusqu'à
quel point leur étude viendra à l'appui de la manière de voir
que nous avons adoptée.

On objecte surtout l'instantanéité des accidents comme incom-
patible avec la nature de l'inflammation. Mais si je nie que le
ramollissement ait existé au début de la maladie, ce n'est pas
pour attribuer une forme aussi inusitée à l'inflammation dont
ce ramollissement n'est lui-même que le résultat. Je crois que
dans les faits que j'ai rapportés, la maladie a commencé par
une simple *congestion* cérébrale. Cette interprétation des phénomènes qui se sont montrés au début me paraît en expliquer
la marche de la façon la plus naturelle, et me semble d'accord

---

(1) *Revue méd.* 1836. T. 2.

aussi bien avec sa physionomie symptomatique qu'avec ses caractères anatomiques. Nous avons vu en effet que de ces derniers la congestion était le plus constant, le plus prononcé, qu'elle était à coup sûr le phénomène capital ; que, quel que fût le degré ou l'étendue du ramollissement, de l'adhérence des membranes, de l'apoplexie capillaire, et même de la tuméfaction, la substance corticale était toujours colorée par le sang dans toute l'étendue d'un hémisphère au moins, quelquefois dans la totalité du cerveau ; nous avons vu que les altérations qui accompagnaient cette rougeur, étaient toutes la conséquence nécessaire de la congestion.

Maintenant je ferai remarquer que les symptômes que nous avons observés sont précisément ceux de la forme de congestion cérébrale à laquelle on a donné le nom de *coup de sang*, ou que, s'ils en diffèrent, ce n'est que par leur durée souvent plus prolongée. Afin que cela ne fasse pas de doute, je vais citer une observation de congestion cérébrale, empruntée à M. le professeur Andral, et dans laquelle on verra se reproduire un ensemble de symptômes tout à fait analogues à ceux qui ont été décrits plus haut.

Obs. VII. — *Attaque d'apoplexie survenue pendant le cours d'une affection chronique des organes thoraciques et abdominaux ; hémiplégie ; mort deux jours après cette attaque. Injection vive de la substance des hémisphères cérébraux. Aucune autre lésion dans les centres nerveux* (1).

Un homme, âgé de 72 ans, atteint d'une affection chronique des organes thoraciques et abdominaux, perd tout à coup connaissance, et le lendemain matin présente l'état suivant : injection vive de la face, yeux fermés ; lorsqu'on soulève les paupières et qu'on approche le doigt de l'œil, le malade les abaisse brusquement ; dilatation médiocre, égale, des pupilles ; légère déviation de la bouche à droite ; hémiplégie complète du mouvement et du sentiment à gauche ; mouvements libres à droite. L'intelligence est complétement abolie, le malade ressemble à un homme qui dort profondément ; le pouls a perdu de la fréquence qu'il offrait les jours précédents. (Saignée, vésic. aux jambes, lav. purg.)

---

(1) Andral. *Loco cit.* T. V. Obs. II.

Dans la journée, le malade donne quelques signes de connaissance et parle un peu.

Le lendemain matin, son état s'était sensiblement amélioré, il répondait assez nettement aux questions qu'on lui faisait ; la bouche n'était plus sensiblement déviée ; la langue se tirait droite ; les membres gauches exécutaient quelques mouvements. A onze heures, la face s'injecta de nouveau, et le malade perdit complétement connaissance. Le jour suivant, il était précisément dans le même état que l'avant-veille ; il mourut à midi.

Les méninges sont partout assez vivement injectées. Dans toute l'étendue des hémisphères du cerveau, chaque tranche de pulpe nerveuse présente un pointillé rouge très remarquable. Il y a quelques endroits où les points rouges, qui sont les orifices d'autant de vaisseaux remplis de sang, sont tellement agglomérés, qu'il en résulte des taches d'un rouge écarlate du diamètre d'une pièce d'un franc. Nulle part, d'ailleurs, la consistance de la substance cérébrale n'est modifiée.

Les symptômes observés dans ce cas sont entièrement semblables à ceux que j'ai décrits précédemment. La seule différence qui existe entre mes observations et celle de M. le professeur Andral, c'est que dans celle-ci la congestion est demeurée à l'état simple, tandis que dans les miennes elle s'est accompagnée de turgescence, et a été suivie d'un commencement d'inflammation ; aussi dans un cas il a pu y avoir une rémission notable dans la marche des symptômes, tandis que dans les autres ils ont dû marcher jusqu'au bout sans éprouver aucun arrêt.

Je n'ai pas besoin, sans doute, d'ajouter que tous les auteurs qui ont écrit sur la congestion cérébrale ont insisté sur la difficulté, même sur l'impossibilité fréquente de la distinguer, à son début, de l'hémorrhagie cérébrale ; et d'un autre côté on n'a pu méconnaître la ressemblance des phénomènes que j'ai décrits, avec les symptômes de l'hémorrhagie, ressemblance telle, que cette dernière maladie a été diagnostiquée dans presque tous les cas.

La congestion cérébrale peut, dès son principe, avant même que le ramollissement et les adhérences des méninges aient eu le temps de se former, s'accompagner de cette tuméfaction, que les observations précédentes ne nous ont encore montrée qu'à une époque plus avancée. « C'est au moment où on enveloppe la congestion sanguine, dit M. Lallemand, que commence cette turgescence extraordinaire qui produit le boursouflement du cerveau, et (dans le cas de perte de substance du crâne) son expulsion au dehors sous forme de fongus (1). » Or, c'est précisément à cette turgescence que les observations que j'ai rapportées doivent leur physionomie; c'est à elle qu'il faut attribuer surtout la persistance des symptômes de compression qui en forment le caractère le plus saillant. L'observation suivante, empruntée au professeur de Montpellier, montre avec quelle rapidité ce phénomène peut se développer (2).

Obs. VIII. Un homme, âgé de 68 ans, imbécile depuis plusieurs années, gardait constamment le lit depuis quelques mois. Un jour qu'il mangeait avec avidité, il fut pris tout à coup d'une espèce de suffocation, tomba à la renverse, et expira au bout de quelques minutes, après deux ou trois agitations convulsives du tronc. Les deux ventricules latéraux étaient considérablement dilatés et pleins de sérosité transparente. Le corps cannelé gauche qui faisait une saillie plus élevée que le droit, et toute la substance cérébrale environnante, étaient d'un rouge uniforme assez foncé, dans l'étendue de deux pouces en tout sens.

L'auteur ajoute : « M. Dan de la Vauterie, qui rapporte cette observation, la regarde comme un exemple d'inflammation (3). Le gonflement du corps cannelé, devenu plus saillant que le droit, la rougeur uniforme assez foncée et circonscrite de la substance cérébrale, la promptitude de la mort avec un mélange de symptômes paralytiques et spasmodiques ; toutes ces circonstances annoncent assez le début d'une inflammation ai-

---

(1) Lallemand. *Let.* 3., p. 432.
(2) Lallemand. *Let.* 3., p. 330.
(3) Cette expression n'est pas très juste. Il n'y avait pas encore *inflammation,* il n'y avait qu'une congestion locale très intense.

guë, et l'état antérieur du malade explique assez la promptitude de la mort (4). »

Les cas de ce genre sont rares. On sait que la congestion cérébrale donne lieu rarement à la mort par elle-même, et que M. Rochoux lui en a même contesté le pouvoir, lorsqu'elle est dépourvue de toute complication (1). On conçoit encore que la forme de congestion cérébrale que nous avons décrite, agissant surtout sur la périphérie, doive être en général moins promptement mortelle qu'une congestion qui, ayant son siége dans les parties centrales du cerveau, exercerait une influence plus directe sur les organes essentiels à la vie.

M. le professeur Rostan (2) rapporte l'observation d'une femme de soixante-deux ans qui, à la suite d'une pneumonie, fut prise tout à coup d'un coma profond, d'une hémiplégie gauche, et mourut en moins de vingt-quatre heures. Les circonvolutions de l'hémisphère droit étaient boursouflées et d'un rouge brunâtre, ainsi que la portion du cerveau sous-jacente, et la couche optique et le corps strié de ce côté. « Il y avait commencement de ramollissement, dit l'auteur de l'observation, ou plutôt toute cette partie offrait l'aspect d'un *effort hémorrhagique avorté*. » Il n'est pas question d'adhérences des méninges. Cette observation, semblable sous plusieurs rapports à celles que j'ai rapportées au commencement de ce

---

(4) Le savant auteur des lettres sur l'encéphale, après avoir attribué à la tuméfaction du cerveau enflammé d'une façon aiguë, les symptômes généraux qui s'observent dans l'encéphalite, tels que l'affaiblissement de tous les sens, la somnolence, le coma, une hémiplégie complète.... ajoute : « Ce qui le prouve, c'est que les malades, chez lesquels une large ouverture a permis au cerveau de se dilater librement à l'extérieur, ont conservé l'intégrité de la vue et de l'ouïe du côté non paralysé..... C'est qu'ils ont été exempts de somnolence, de coma, etc..... Enfin, ce qui ne laisse aucun doute à cet égard, c'est que toutes les fois que dans des cas analogues on a voulu s'opposer à l'issue du cerveau, les malades sont alors tombés dans un état comateux et ont perdu l'intelligence.....» *Loco cit.*, p. 434.) C'est pour cette raison que M. Foville (*Dic. de Méd. et de Ch. Prat.*) veut même que l'on traite l'encéphalite non traumatique par le trépan.

(1) Rochoux. Art. *Coup de sang du Dict.* en 25 vol. T. 9.

(2) Rostan. *Loco cit.*, p. 146. Obs. 39.

travail, me paraît offrir un exemple de la même maladie, seulement à un degré moins avancé (3).

Une congestion vive qui persiste quelque temps dans un organe est naturellement suivie du développement d'une inflammation dont elle n'était que le premier degré. N'est-ce pas ainsi que se forment et le ramollissement que j'ai décrit, et les adhérences des méninges? Si l'on me reproche de me livrer à une pure hypothèse en décrivant une semblable succession de phénomènes auxquels je n'ai pu sans doute assister, on conviendra du moins que je ne suppose rien qui s'écarte de l'ordre le plus naturel. Ce qui m'a toujours fait penser que le ramollissement n'était pas nécessairement lié à l'altération de couleur et de volume des circonvolutions, qu'il n'était pas de même date et de même formation, c'est que sur les points malades, à côté de circonvolutions ramollies, j'en trouvais d'autres aussi rouges, aussi tuméfiées, et ne présentant aucune diminution appréciable de consistance ; c'est que les adhérences de la pie-mère m'ont toujours paru en rapport exact avec les surfaces ramollies, et que là seule observation dans laquelle nous n'ayons pas remarqué plus d'adhérences du côté malade que du côté sain, est celle aussi qui nous a présenté le ramollissement le moins prononcé, puisque, suivant l'expression de son auteur, il n'y avait que *tendance* au ramollissement ; et cependant la rougeur et la turgescence de la substance corticale étaient considérables; c'est qu'enfin une semblable altération de la substance cérébrale peut se rencontrer sans ramollissement. Qu'est-ce donc, encore une fois, que ce ramollissement qui se développe consécutivement à une congestion cérébrale , qui s'accompagne d'adhérence des membranes, si ce n'est un ramollissement in-

---

(3) M. le professeur Bouillaud assigne comme caractère à la congestion ou au premier degré de l'inflammation du cerveau, une augmentation de consistance, ou une légère induration de la substance cérébrale (*Traité de l'Encéphalite*, p. 229). Un certain nombre de faits me portent à croire que dans la substance grise, au moins, la congestion amène avec une grande rapidité une diminution notable de la cohésion de son tissu.

flammatoire? Cela ne ferait aucun doute, il faut bien en convenir, si les symptômes avaient revêtu une autre forme.

Aussi je crois que si deux altérations identiquement semblables donnent lieu à des phénomènes différents, il faut rechercher à quelles modifications plus ou moins faciles à apprécier on doit rapporter ces différences, au lieu de supposer que la maladie a changé de nature, parce que sa forme symptomatique a varié d'aspect. Il ne me sera pas difficile de citer des exemples à l'appui de cette manière de voir. L'hémorrhagie de l'arachnoïde donne lieu quelquefois à des symptômes successifs tout à fait semblables à ceux du ramollissement cérébral, tels que céphalalgie, affaissement graduel de l'intelligence et des sens, raideur des membres, etc. Si bien que M. Rostan ne croit pas possible de distinguer ces deux affections l'une de l'autre (1). D'autres fois, au contraire, elle débute d'une manière foudroyante, absolument comme l'hémorrhagie cérébrale dont elle revêt tout à fait la physionomie. Quelle différence y a-t-il donc entre ces deux formes de l'hémorrhagie de l'arachnoïde, si ce n'est que dans l'une le sang s'est épanché lentement, tandis que dans l'autre l'épanchement s'est produit tout à coup? Aussi dans ces deux cas trouve-t-on la même altération anatomique, parce que la nature de la maladie était la même. Qui affirmera que dans les cas où l'on rencontre un épanchement considérable de sérosité limpide dans les ventricules ou en dehors du cerveau, sans aucune altération appréciable des tissus qui ont sécrété ce liquide, la maladie est de nature différente, quand il y a eu de la céphalalgie, du délire, des mouvements spasmodiques, etc., ou quand elle a débuté subitement par le coma, la résolution des membres, etc. Je conçois bien que l'on ait donné à l'une de ces formes le nom de méningite, à l'autre celui d'apoplexie séreuse ; mais au fond, il serait peu logique de s'appuyer sur ces différences de forme pour

____

(1) Rostan. *Loco cit.* — Andral. *Loco cit.* T. 5., p. 11 et suiv. — Longet. *Thèse in ug.* 185., n° 94.

établir que l'on a eu affaire à deux maladies de nature différente.

L'allusion que je viens de faire me paraît d'autant plus juste, qu'elle porte sur des phénomènes presque semblables à ceux dont je discute la valeur.

On opposera peut-être au développement de l'inflammation que j'ai admise, l'absence de tout symptôme inflammatoire comme en contradiction avec une semblable assertion. Mais il est d'observation que s'il survient une inflammation dans le cerveau, tandis que cet organe est soumis à une compression forte et générale , les signes qui pourraient la traduire à l'extérieur, tels que la céphalalgie, le délire, les convulsions, etc., doivent manquer ; car la production de ces phénomènes, qui ne sont en définitive qu'une modification ou une exagération des fonctions cérébrales, exige nécessairement une condition du cerveau tout à fait différente de l'état de compression qui entraîne, si je puis ainsi dire, la négation des fonctions de cet organe (1). « En effet , lorsque les capillaires sont distendus par le sang, dit le docteur Copland, comme le cerveau est entouré de parois inextensibles, il doit arriver que les veines se laissent proportionnellement comprimer, ce qu'augmente encore la force de la circulation dans les artères. Ainsi la circulation se trouve retardée, la portion du système ganglionnaire qui est annexée au cerveau (*the portion of ganglial system supplying the brain*) se trouve aussi jusqu'à un certain point engourdie par l'accroissement de la pression à laquelle elle est habituée, et les fonctions de l'organe sont abolies, quoiqu'il n'existe pas d'épanchement (2). » Le professeur Lallemand dit que lorsque l'inflammation a son siége dans la substance même du cerveau , la congestion est trop violente , son tissu trop

---

(1) Si à la suite d'une hémorrhagie cérébrale les signes d'une inflammation consécutive manquent souvent, bien que l'étude des foyers anciens démontre l'existence constante d'un travail inflammatoire, n'est-ce pas en général à la compression exercée sur le cerveau par le sang épanché qu'il faut l'attribuer?

(2) Copland. *Dict. of practical medecine*, p. 93.

promptement altéré pour qu'il puisse continuer d'agir (3).

Ce que je viens d'avancer me paraît susceptible d'une sorte de démonstration qui, si je ne m'abuse sur sa valeur, me semble appuyer fortement la manière de voir que j'ai développée dans le cours de ce travail.

En général quand cette même altération des circonvolutions, que nous avons vue donner lieu à des accidents apoplectiformes subits, est circonscrite dans un espace étroit, au lieu d'occuper une large étendue, et par conséquent ne peut produire une compression générale du cerveau, on observe pendant la vie des symptômes d'encéphalite ou plutôt de méningo-céphalite qui ne peuvent laisser aucun doute sur la nature de la maladie. Ceci rentre dans une classe de faits bien connus, et dont l'histoire est assez éclairée ; mais je crois cependant convenable d'en citer plusieurs exemples, afin de rendre plus frappant un rapprochement qui, je crois, n'a pas encore été fait.

OBS. IX. — *Pneumonie. Agitation, délire ; puis abattement profond ; mort 2 jours après l'apparition de ces derniers symptômes. Rougeur, ramollissement superficiel, et adhérences de quelques circonvolutions.*

La nommée Marie Magrod, âgée de 75 ans, entre, le 1er mai 1838, au n. 21, de la salle St-Antoine. Cette femme se plaint d'une douleur sous-sternale qui se prolonge sur le sein droit, et présente en avant et à droite les signes d'une pneumonie au second degré. Il y a de la fièvre, un peu d'oppression. (Saignée de 3 pal.)

2 mai. La physionomie est animée d'un caractère étrange ; la malade a eu hier beaucoup d'agitation, de délire, tenant des propos incohérents, quittant son lit à chaque instant ; elle parle sans cesse assure qu'elle est depuis longtemps dans la salle.... Le pouls est petit, assez fréquent. (Looch blanc avec tartre stibié gr. x.)

Le 3. Abattement profond, pouls fort petit et fréquent, quelques selles. (Tartre stibié, gr. XV.)

Mort le lendemain matin dans une extrême prostration.

Les méninges n'offrent rien à noter, si ce n'est quelques adhérences peu intimes de la pie-mère avec la partie antérieure de l'hémi-

____

(3) Lallemand. *Loco cit.* Let. 2, p. 247.

sphère gauche. A la partie externe et antérieure de cet hémisphère, trois ou quatre circonvolutions présentent une coloration rose assez vive, avec un ramollissement prononcé, mais qui n'occupe comme la rougeur que la partie la plus superficielle de la substance corticale. Cette altération, qui a tous les caractères d'une inflammation récente, ne pénètre pas au fond des circonvolutions. Un peu de sérosité limpide dans les ventricules latéraux.

Les phénomènes cérébraux qu'a présentés cette maladie s'observent souvent dans la pneumonie, sans que l'on rencontre dans l'encéphale aucune lésion qui les explique. Je ne crois pas cependant qu'il soit possible de douter de la relation qui existait dans ce cas entre ces phénomènes et l'altération que nous avons rencontrée dans le cerveau ; d'autant plus que ces symptômes peu prononcés paraissent parfaitement en rapport avec une altération aussi superficielle, aussi peu étendue.

Obs. X. — *Démence. Accès épileptiformes suivis d'hémiplégie gauche ; mort 48 heures après leur première apparition. Ramollissement chronique du lobe postérieur de l'hémisphère droit ; inflammation aigüe des circonvolutions voisines.*

La nommée Beaufils, âgée de 62 ans, en démence depuis plusieurs années, était tombée dans un état d'imbécillité complète. Elle ne présentait aucun signe de paralysie, si ce n'est une légère difficulté de la parole, et depuis trois mois, l'émission involontaire de l'urine et des fèces.

Le 21 août 1838, elle fut prise tout à coup d'une attaque d'épilepsie bien caractérisée ; les muscles des membres et de la face étaient agités de fortes secousses convulsives, surtout à gauche ; la bouche fortement tirée de ce côté ; la face tuméfiée et violacée ; une écume sanguinolente sortait de la bouche. Plusieurs attaques semblables se reproduisirent dans la journée, durant un quart d'heure, une demi-heure, et suivies d'un état complet de résolution et d'insensibilité. Le pouls était très petit et d'une grande fréquence.

Le lendemain, coma profond sans aucun signe de connaissance ; pupilles immobiles un peu resserrées ; hémiplégie gauche sans raideur ; insensibilité générale presque absolue ; respiration fréquente, râle trachéal, pouls à peine sensible.

Mort le 23, juste 48 heures après l'apparition des accidents épileptiformes.

Autopsie 32 heures après la mort.

Les sinus contiennent un peu de sang liquide et en caillots. Les vaisseaux de la base du crâne sont sains. La cavité de l'arachnoïde contient une assez grande quantité de sérosité; son feuillet viscéral est très transparent. Un peu d'infiltration séreuse de la pie-mère, avec une injection sanguine très vive et qui dessine parfaitement ses vaisseaux les plus déliés. Tout le lobe postérieur de l'hémisphère droit est converti en une bouillie blanche à l'intérieur, d'un jaune fauve à l'extérieur, comme infiltrée d'un liquide blanchâtre, lait de chaux. Les circonvolutions sont tout à fait déformées; le ramollissement s'étend profondément jusqu'à la partie postérieure du ventricule latéral, dont les parois elles-mêmes sont intactes.

Au devant de cette altération, on voit plusieurs circonvolutions de la convexité colorées en rose assez vif, volumineuses et largement arrondies, superficiellement ramollies. Cette coloration rose et ce léger ramollissement n'intéressent que la superficie de la substance corticale. La pie-mère, qui partout ailleurs s'enlevait avec une grande facilité, présentait au niveau du ramollissement blanc du lobe postérieur des adhérences intimes et impossibles à détacher, et au niveau des circonvolutions rouges et tuméfiées, des adhérences nombreuses, molles, et qui en laissaient la surface inégale et comme tomenteuse.

Un peu de sérosité dans les ventricules. Rien à noter dans le cervelet, la moelle allongée et la moelle épinière.

Poumons sains, à part une infiltration sanguine de la base du poumon gauche.

Cette observation offre beaucoup de ressemblance avec l'observation IV de ce mémoire. Dans les deux cas, à un ramollissement chronique de toute une extrémité d'un hémisphère (1), nous voyons tout à coup s'ajouter une altération aiguë des circonvolutions voisines, dont le développement instantané est annoncé par l'apparition soudaine des symptômes. Seulement, dans le premier, le coma et l'hémiplégie se montrent dès le début, comme dans l'apoplexie; dans l'autre ils sont précédés de phénomènes épileptiformes, signe certain d'un état d'irritation des centres nerveux. Faut-il chercher la raison de cette

____

(1) Il faut remarquer que dans le cas où le ramollissement occupait un lobe antérieur, l'intelligence était demeurée intacte; que dans celui où il siégeait au lobe postérieur, le seul symptôme qui eût pu dévoiler sa présence était un état de démence.

différence dans la marche plus ou moins rapide de la congestion cérébrale qui a été sans doute le premier degré de l'altération? Il suffira peut-être de faire observer que lorsque la maladie avait débuté par des signes d'apoplexie, de compression, l'altération était assez considérable pour avoir aplati, pressé contre la voûte du crâne presque toute la superficie de l'hémisphère malade ; que dans le cas où des signes d'irritation s'étaient manifestés, il n'y avait ni aplatissement ni compression des circonvolutions, bien que quelques unes d'entre elles présentassent un certain degré de turgescence. Ce fait vient donc encore confirmer la part que nous avons attribuée, dans la production des symptômes, à la tuméfaction et par suite à la compression des circonvolutions.

Il serait, je pense, inutile de citer un plus grand nombre de faits de ce genre ; on en trouvera sans peine dans les ouvrages de MM. Bouillaud (1), Lallemand (2), Andral (3), Abercrombie (4), etc.

§ IV. En résumé, voici comment je conçois la marche de la maladie qui fait le sujet de ce travail.

On peut réduire à trois le nombre des éléments qui constituent son état anatomique : congestion, turgescence, ramollissement avec adhérences.

La congestion se montre d'abord subitement et sans cause appréciable, ce qui est, on le sait, un des caractères de la congestion du cerveau, particulièrement chez les vieillards. Il est certain que l'on voit souvent survenir, chez les personnes d'un âge avancé, des accidents de formes diverses, que l'on ne peut guère rapporter qu'à une congestion cérébrale , et dont la cause est le plus souvent difficile à apprécier, quels que soient l'état du cœur, l'état de maladie ou de santé, la constitution atmosphérique, etc. Du reste, parmi les cas que nous avons observés et cités, une fois l'existence d'un ramollissement ancien

---

(1) Bouillaud. *Traité de l'encéphalite.* — (2) Lallemand. *Loco cit.* — (3) Andral. *Loco cit.* — (4) Abercrombie. *Traité des maladies de l'encéphale.*

(obs. IV), deux fois une maladie chronique longue et débilitante (obs. I et II) peuvent être considérés comme cause des accidents qui ont terminé la vie ; une fois (obs. III) nous avons vu que la malade avait déjà éprouvé à plusieurs reprises des symptômes de congestion du côté du cerveau. Mais dans un cinquième fait (obs. V), des renseignements positifs nous ont appris que l'attaque à laquelle a succombé la malade n'avait été précédée d'aucun accident que l'on pût rapporter au cerveau, et cette dernière observation nous paraît même démontrer que l'invasion de la maladie est réellement aussi subite qu'elle le paraît : car, bien qu'il ne soit pas rare de voir une affection ancienne et chronique se montrer tout à coup par des accidents imprévus, je pense que dans presque tous les cas de ce genre, au moins, on peut , en remontant dans le passé, s'assurer de l'apparition de quelques symptômes, légers si l'on veut , mais cependant indice certain d'un travail pathologique des centres nerveux.

A la congestion s'unit naturellement la turgescence, et nous avons vu plus haut que ces deux phénomènes, dépendant l'un de l'autre, se produisaient presque en même temps.

Le ramollissement et les adhérences des méninges se forment ensuite : caractères inflammatoires de la maladie à laquelle ils s'ajoutent, ils ne se développent pas au début, mais se montrent consécutivement et au bout d'un temps très court, car les lésions inflammatoires se forment avec une grande rapidité dans le cerveau. Supposera-t-on que ces dernières altérations existaient depuis longtemps, et qu'on ne les rencontre là que comme épiphénomène de la congestion qui a terminé la vie, ou bien encore en fera-t-on une affection chronique cause elle-même de la congestion, dont nous la croyons une dépendance ? Quoique nous ayons cru pouvoir établir précédemment que l'étendue, la forme , la nature de ce ramollissement, ne permettent pas de le regarder comme une altération primitive, essentielle, nous devons convenir cependant que la date d'un ramollissement est en général une chose difficile à constater, et dont l'appréciation est peut-être un des écueils de cette partie si importante de la pathologie des centres nerveux. Mais ce que nous affirmons, c'est que les adhérences des méninges avaient tout à fait le caractère d'une lésion récente. Nous avons eu souvent occasion d'observer des adhérences anciennes des méninges au cerveau, soit chez des vieillards, soit chez des aliénés ou des épileptiques, et nous demanderons à tous ceux qui sont habitués à de semblables recherches, s'il n'est pas possible et même facile de distinguer des adhérences chroniques de la surface du cerveau, ordinairement fermes et déchirant la substance corticale, de ces adhérences molles et humides, si je puis ainsi dire, qui caractérisent une méningite aiguë (1).

On voit que ce travail est surtout basé sur l'anatomie pathologique. Quelques personnes m'en feront peut-être un reproche; mais quand même il serait fondé en principe, et nous ne prétendons pas en discuter ici la valeur, cela ne détruirait pas les résultats auxquels nous croyons être arrivé. Nous sommes convaincu, du reste, par une observation attentive de la symptomatologie cérébrale, qu'il est impossible de baser sur sa seule étude l'histoire de la pathologie cérébrale. Nous croyons, avec

---

(1) Il me paraît exister un rapport assez curieux entre la maladie qui vient d'être décrite et l'*érysipèle*. De même, en effet, que ce dernier n'affecte que le derme dont la rougeur est le principal phénomène qui le caractérise, de même l'encéphalite superficielle se circonscrit à la couche corticale du cerveau; seulement, comme dans l'érysipèle, l'inflammation s'étend souvent aux tissus sous-jacents, plusieurs fois aussi nous avons vu les parties profondes participer à l'inflammation des circonvolutions. La tuméfaction légère qui dans l'érysipèle résulte d'une sorte d'érection du derme (et qu'il ne faut pas confondre avec l'engorgement sous-cutané), ne ressemble-t-elle pas parfaitement à la tuméfaction de la substance corticale congestionnée ? Dans les deux maladies, on voit quelquefois la rougeur et la tuméfaction s'arrêter assez brusquement aux limites du mal ; enfin notre encéphalite se développe parfois comme l'érysipèle autour d'une altération chronique, ce qui paraît ajouter une analogie de cause à celles qui viennent d'être indiquées. Si ce rapprochement, qu'il ne serait pas impossible de pousser plus loin, est juste, s'il n'est pas seulement le fruit de mon imagination, il me paraît de nature à fixer l'attention, et à fournir un nouvel appui aux idées que je viens de développer dans ce travail.

plusieurs praticiens expérimentés, que la symptomatologie du cerveau est encore aussi obscure qu'est facile et perfectionné le diagnostic des maladies de plusieurs autres organes : or, si jamais il convient de recourir aux lumières que peut fournir l'anatomie pathologique, c'est lorsque la séméiologie nous les refuse aussi complétement ; et je ne veux d'autre preuve de ce que j'avance, que l'histoire de la science pour la pathologie cérébrale, l'ignorance extrême où l'on était resté sur ce sujet avant la découverte de l'anatomie pathologique, et ce fait incontestable, que l'on n'a pas fait un seul pas dans cette partie de la science sans s'appuyer sur l'anatomie pathologique.

§ V. J'ai cherché à démontrer la nature inflammatoire d'une affection dont les caractères anatomiques et les symptômes forment un groupe d'un aspect assez particulier, pour justifier l'étude spéciale que j'en ai cru devoir faire.

Il eût été sans doute plus logique de commencer par présenter la description complète de cette maladie, et de n'aborder qu'après cette étude préliminaire la question de sa nature pathologique. Mais les faits que je possède, s'ils m'ont paru suffisants pour éclairer cette dernière question, ne sont certainement pas assez nombreux pour qu'il soit possible d'en rien conclure sur l'étiologie, le traitement de la maladie, ses rapports avec l'âge, la constitution, l'état du cœur, etc. Je vais seulement entrer dans quelques détails sur le diagnostic, car je pense que les faits que j'ai rapportés forment un type qui se reproduira sans doute plus d'une fois, et auquel il serait bon de pouvoir assigner des caractères distinctifs. Malheureusement nous allons voir que cette étude ne nous donnera que des résultats peu satisfaisants.

Dans les cinq observations auxquelles nous avons assisté nous-même, trois fois seulement nous avons pu constater avec précision l'instantanéité du début; deux fois (obs. I et II) les accidents n'ont été reconnus que lorsqu'ils duraient déjà depuis plusieurs heures, mais probablement ils avaient débuté comme les précédents. Deux fois seulement (obs. IV et V) ou a trouvé de la contracture : mais il faut noter que la maladie était moins étendue, la compression moins forte, que la mort fut moins prompte que dans les trois autres cas ; que deux de ces derniers n'ayant pas été observés à leur début, ce symptôme a pu exister sans être remarqué ; il faut noter encore que dans l'observation V , où la contracture fut très forte, presque générale, les circonvolutions étaient moins tuméfiées, et par conséquent moins comprimées que dans les autres cas. J'insisterai d'autant plus volontiers sur cette dernière circonstance , que la malade qui fait le sujet de cette observation fut celle qui donna le plus de signes de connaissance jusqu'à la mort. On se rappelle que nous avons cru pouvoir rendre compte par la compression, résultat de la turgescence du cerveau, de la forme des accidents , et en particulier des phénomènes de compression qui les caractérisent. Dans un cas seulement (obs. II) la résolution fut générale ; c'est que la maladie occupait également les deux côtés du cerveau. Dans les autres, la paralysie ou la contracture étaient à peu près limitées au côté opposé à l'altération du cerveau.

La sensibilité a paru généralement conservée , ce qui rapproche ces cas de ceux où il y a plutôt compression du cerveau que désorganisation ; l'observation II est la seule qui ait offert une perte absolue de la sensibilité du côté paralysé. Les sens étaient généralement obtus, sans être complétement abolis. Il semblait le plus souvent rester une lueur de connaissance excepté dans l'observation I où la maladie était très étendue, et la compression énorme.

Quant à l'état général, il offrait de grandes variétés. Tantôt la force et la fréquence du pouls, la chaleur de la peau semblaient annoncer une forte réaction ; tantôt au contraire la circulation ne paraissait pas modifiée, ou semblait participer à l'état apparent d'engourdissement de toute l'économie. Je n'ai pu apprécier exactement les circonstances qui agissaient ainsi sur l'état général, non plus que l'influence que ce dernier pouvait exercer sur la marche de la maladie ; on sait du reste que cette difficulté se retrouve dans l'étude de la plupart des maladies des centres nerveux.

Je ne crois pas nécessaire d'insister davantage sur l'analyse des symptômes que nous avons décrits pour démontrer la ressemblance qu'ils présentent avec ceux de l'hémorrhagie cérébrale, et la difficulté et l'impossibilité même de distinguer sûrement ces deux affections, dans l'état actuel de la science. La contracture elle-même, que l'on a donnée comme un signe propre à faire distinguer le ramollissement, inflammatoire ou non, de l'apoplexie, n'aurait que peu de valeur, quand même elle se montrerait dans tous les cas, puisqu'elle est un symptôme ordinaire, comme on le sait, de l'hémorrhagie dans les ventricules ou à la surface du cerveau.

Parlerai-je de ces ramollissements proprement dits du cerveau, que l'on prétend voir débuter subitement, mais dont il serait peut-être plus juste de dire simplement que l'existence s'est montrée par des accidents subits? Je me contenterai de renvoyer aux ouvrages des auteurs qui se sont efforcés d'établir un diagnostic précis entre le ramollissement et l'hémorrhagie du cerveau, mes observations n'étant rien moins que propres à éclaircir cette question, qui est loin d'être résolue aujourd'hui.

Il arrive encore qu'à la suite d'accidents tout à fait semblables à ceux que j'ai décrits, on ne trouve autre chose qu'un pointillé plus ou moins vif de la substance cérébrale avec rougeur des méninges et infiltration séreuse de la pie-mère. J'ai observé dernièrement un cas de ce genre à la Salpêtrière. D'autres fois on a seulement rencontré une grande quantité de sérosité dans les ventricules (apoplexie séreuse des auteurs) (1), ou bien quelques plaques d'apoplexie capillaire (2), sans altération générale des circonvolutions.

Je dois, avant de terminer, parler de plusieurs états

---

(1) Andral, *loc. citato*, tom. V.
(2) Diday, *Gaz. médicale* du 22 avril 1837.

morbides du cerveau, qui se rapprochent par quelques points de celui que nous avons décrit, et qu'il importe d'en bien distinguer.

On a appelé apoplexie capillaire une altération qui présente avec l'inflammation superficielle des circonvolutions une analogie de siége surtout, qui établit quelques rapports entre ces deux maladies, mais qui ne suffit pas pour les confondre ensemble, bien qu'elles donnent lieu à des symptômes presque semblables.

Comme cette altération est rare et généralement peu connue, on me permettra d'entrer dans quelques détails à son sujet. Il faut d'abord bien s'entendre sur la signification du mot apoplexie capillaire. M. Cruveilhier (1) appelle ainsi tous les ramollissements rouges du cerveau, aussi bien ceux qui résultent d'une simple infiltration sanguine que ceux que le professeur Lallemand nous a montrés produits par une inflammation aiguë. Dans ce sens il est certain que la maladie que nous avons décrite ne serait autre chose qu'une apoplexie capillaire. Mais on conçoit qu'une dénomination aussi étendue doit confondre des altérations fort différentes, et l'on conviendra sans doute avec M. Diday (2) « qu'il est utile de laisser le nom de ramollissement rouge aux cas où l'on trouve une coloration d'un rose vif, uniforme, accompagnée d'un ramollissement pulpeux, pour donner le nom d'apoplexie capillaire seulement aux altérations caractérisées par une rougeur plus foncée et ponctuée, n'offrant presque pas de ramollissement ». Je ne saurais mieux faire que de citer ici la description que donne M. Diday de l'apoplexie capillaire des circonvolutions, description qui rendra évidents et les rapports et les différences qui existent entre cette apoplexie et la maladie que j'ai décrite.

« L'apoplexie capillaire des circonvolutions se présente sous la forme de plaques plus ou moins larges, irrégulières, arron-

____

(1) Cruveilhier, *Dict. de méd. et de ch. pr.*; tom. III.
(2) Diday, *loc. cit.*

dies, occupant ordinairement toute l'épaisseur de la substance grise, qui est le siége à leur niveau d'une coloration rouge-noire, ponctuée, semblant due à l'interposition dans l'intervalle de ses molécules, d'une multitude de petites gouttelettes de sang noir et coagulé ; par l'effet de l'imbibition consécutive, les points intermédiaires à ce ponctué présentent eux-mêmes une couleur rouge. Il arrive quelquefois que la circonférence des plaques infiltrées est le siége d'une rougeur qui diffère de celle que l'on observe dans l'hémorrhagie capillaire, en ce que la coloration est d'un rose vif, que cette teinte est uniforme, et qu'elle est accompagnée d'un ramollissement pulpeux. Cette altération, bien évidemment secondaire, permet de comparer ces deux états voisins, comme types, l'un de l'apoplexie capillaire, l'autre du ramollissement inflammatoire. »

Je ne crois pas nécessaire d'insister sur des différences aussi tranchées que celles que nous montre ce passage : d'un côté, plaques circonscrites d'un pointillé rouge-noir, accompagnées à peine de ramollissement, d'une autre part rougeur uniforme étendue à toute la superficie du cerveau ou d'un hémisphère, avec ramollissement pulpeux, etc. Quant aux rapports qui existent entre ces deux altérations, ils sont tels que ceux que nous trouvons partout entre l'exhalation sanguine et la congestion ou le premier degré de l'inflammation. Lorsqu'une congestion violente se fait vers la poitrine, du sang s'exhale souvent dans les bronches, souvent même des noyaux d'apoplexie pulmonaire le montrent infiltré dans le tissu des poumons. Que l'on examine un phlegmon avant que la suppuration s'y soit formée, et l'on trouvera, pour peu que l'inflammation ait eu d'intensité, du sang infiltré dans le tissu cellulaire. Ainsi, dans deux de nos observations, on a trouvé des plaques d'apoplexie capillaire que nous croyons résulter uniquement de l'effort de la congestion, et cela d'autant plus que ce sont les deux cas où la maladie a marché avec le plus de violence. Dans les autres observations, l'absence complète de plaques apoplectiques démontre avec évidence que ces deux altérations sont tout à fait distinctes l'une de l'autre.

M. Calmeil a décrit, comme une encéphalite chronique, une altération que l'on rencontre souvent dans le cerveau des aliénés atteints de paralysie générale (1), et qui n'est pas sans quelque ressemblance avec celle que j'ai rencontrée dans les cas cités plus haut.

Cette altération est caractérisée par une coloration violacée de la substance grise dont la consistance est plus souvent conservée ou même augmentée que diminuée, et par des adhérences serrées de la pie-mère qui entraîne avec elle de larges plaques de la couche la plus superficielle des circonvolutions. M. Lélut (2) fait parfaitement ressortir la différence qui existe entre l'*encéphalite aiguë*, que j'ai décrite, et l'*encéphalite chronique* de M. Calmeil, en disant que dans cette dernière « l'altération la plus constante, ou, si l'on veut, la plus logique est un retrait plutôt qu'une atrophie de la substance cérébrale,... ce qui nécessite un épanchement consécutif dans l'arachnoïde et la pie-mère, épanchement qu'on a pris mal à propos pour la cause principale de la maladie ». Je n'ai pas besoin, je pense, d'opposer à ce *retrait* de la substance cérébrale l'état de turgescence que nous avons constamment observé à la superficie du cerveau, ni de faire remarquer que d'un côté l'état de démence et de paralysie devait faire soupçonner en effet l'existence d'une altération chronique du cerveau, et que d'un autre côté l'apparition subite des accidents annonçait une lésion aiguë de l'organe encéphalique.

On ne confondra pas davantage l'altération qui fait le sujet de ce mémoire avec l'hypertrophie du cerveau, et en particulier des circonvolutions. Essentiellement chronique, cette dernière altération s'annonce dès longtemps par une modification plus ou moins profonde des fonctions cérébrales ; en outre, la pâleur et

(1) Calmeil, *De la paralysie considérée chez les aliénés.*
(2) Lélut, *Induction sur la valeur des altérations de l'encéphale dans le délire aigu et la folie.*

la consistance du tissu hypertrophié, l'anémie et la sécheresse des méninges lui donnent un aspect tout particulier (1).

Conclusions.

1° Il est une maladie caractérisée anatomiquement par la rougeur et la tuméfaction des circonvolutions cérébrales dans une grande étendue, avec ramollissement superficiel de la substance grise, et adhérences des méninges ; pathologiquement par des symptômes apoplectiques graves, tout à fait semblables à ceux d'une hémorrhagie cérébrale, et en particulier d'une hémorrhagie ventriculaire.

2° Cette maladie ne paraît être autre chose qu'un premier degré d'encéphalite.

3° Cette assertion s'appuie sur l'étude des lésions anatomiques dont la réunion caractérise manifestement une inflammation.

4° La forme des symptômes n'est pas en contradiction avec cette interprétation des lésions anatomiques, et le rapport qui les unit peut être facilement saisi.

5° La lésion la plus constante, la plus générale, la lésion essentielle et certainement primitive, est la congestion. Or la maladie débute précisément comme cette forme de congestion cérébrale à laquelle on a donné le nom de coup de sang.

6° Le ramollissement et les adhérences des méninges, éléments inflammatoires de la maladie, se développent consécutivement à la congestion; car, toujours peu prononcés, ils manquent quelquefois, et n'occupent souvent qu'une partie des points congestionnés.

7° S'ils ne s'accompagnent pas de symptômes inflammatoires, c'est que la compression du cerveau, suite de la tuméfaction des circonvolutions, s'oppose au développement de ces derniers.

(1) Calmeil. *Dict. de Méd.* Art. Encephale. Andral. *Loco cit.* T. V. — Dance. *Rép. gén. d'anat. et de Physiol.* T. V. 2° part.—Delaberge et Monneret. *Comp. de Méd. Prat.* T. II., p. 172.

8° Ce qui le prouve c'est que dans des cas où l'on a trouvé une altération toute semblable, mais peu étendue, et par conséquent ne produisant pas une compression générale, on a presque toujours observé des symptômes de méningo-céphalite, qui ne laissaient pas de doute sur la nature de la maladie.